MIÉRCOLES ALOCADO

MIÉRCOLES ALOCADO

WITHDRAWN

Traducción
de Georgina Lázaro

Dr. Seuss*

*Escrito como
Theo. LeSieg

Ilustraciones de **George Booth**

BEGINNER BOOKS®
Una división de Random House

Visit us on the Web!

Seussville.com

rhcbooks.com

Educators and librarians, for a variety of teaching tools, visit us at RHTeachersLibrarians.com

Library of Congress Cataloging-in-Publication Data is available upon request.

ISBN 978-1-9848-3101-9 (trade) — ISBN 978-0-593-12812-1 (lib. bdg.)

Printed in the United States of America

10 9 8 7 6 5 4 3 2 1

First Edition

Así fue que comenzó:

un zapato en la pared.

¿Un zapato en la pared...?

¡Eso no podía ser!

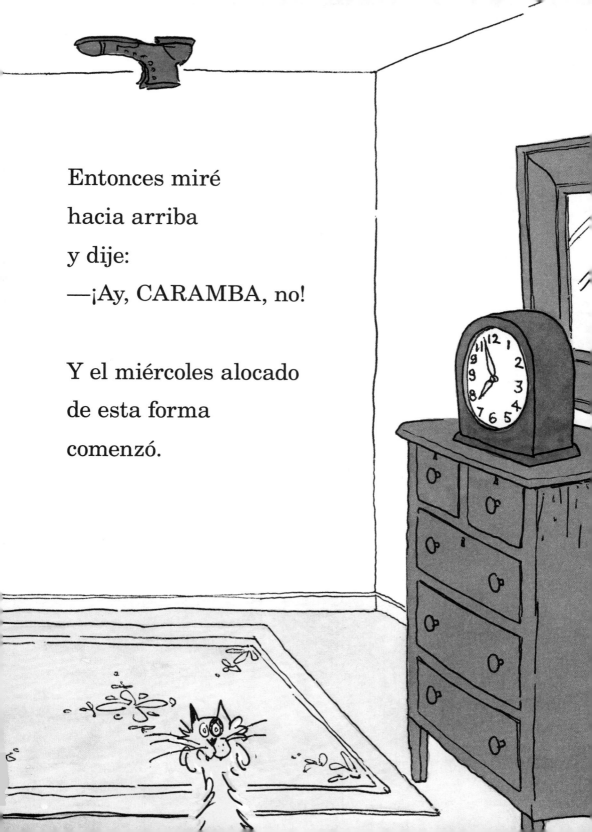

Entonces miré
hacia arriba
y dije:
—¡Ay, CARAMBA, no!

Y el miércoles alocado
de esta forma
comenzó.

Me asomé
por la ventana
y dije:
—¡NO PUEDE SER

¡Más cosas disparatadas!
Entonces pude ver tres.

Salí directo
al pasillo
y otra vez:
—¿QUÉ PASA AQUÍ?

¡Tres cosas
disparatadas
había también allí!

¡En el baño
había
MÁS!

¡CUATRO

ahora

pude contar!

Empecé a vestirme
y dije:
—¡Pero esto no puede ser!

¡Más cosas disparatadas!
¡Cuatro MÁS yo puedo ver!

Miré luego

en la cocina

y dije:

—¿Pero qué pasa?

¡Aquí hay otras cinco cosas

totalmente equivocadas!

A la escuela ya iba tarde
cuando salí de mi casa.
Entonces vi otras seis cosas
cada cual más alocada.

¡Siete más disparatadas!

¡Disparatadas lucían
las hermanas Villaluz!

Dijeron:

—¡Solo hay un loco!

¡Y está claro que eres tú!

—¡Ocho cosas —grité entonces—
aquí en la escuela
están mal!

—Nada está mal

—respondieron—.

Todo parece normal.

Entré en la clase y le dije
a la señorita Estrada…:

—Mire usted,
en esta clase
¡hay nueve cosas
chifladas!

—¡Aquí no hay
cosas chifladas!
¡Fuera de mi clase! ¡Sal!
¡Tú eres el único raro!
—dijo Estrada—.
¡VETE YA!

Cuando salí
de la escuela,
todo era peor que antes.
¡Vi diez cosas alocadas!
Todas muy alucinantes.

GEORGE WASHINGTON

¡Entonces
yo conté
ONCE!

Y luego…
¡doce aún PEORES!
Me asusté mucho
y corrí.

Y corrí
e hice caer
al policía Martín.

—¡Ay, perdone, por favor!

—solo le pude decir.

—No te inquietes —sonrió—.

No es buen día.

Sé feliz.

¡El miércoles alocado

pronto llegará a su fin!

—Solamente quedan veinte,
veinte cosas alocadas.

»Si las encuentras,

entonces,

podrás volver

a la cama.

El miércoles alocado,
al contarlas, terminó.
Y el zapato en la pared
también desapareció.

Dr. Seuss

Theodor Seuss Geisel es uno de los autores de literatura infantil más queridos de todos los tiempos. Los libros que escribió e ilustró bajo el nombre de Dr. Seuss (y otros que escribió, pero no ilustró, bajo los seudónimos Theo. LeSieg y Rosetta Stone) han sido traducidos a treinta idiomas. Sus libros han llegado a millones de hogares alrededor del mundo. Entre los numerosos premios que Dr. Seuss ha recibido se encuentra la Mención de Honor Caldecott por *McElligot's Pool, If I Ran the Zoo* y *Bartholomew and the Oobleck.* Dr. Seuss falleció en 1991, pero vive en su obra, y en los corazones de sus muchos lectores.